JEUNESSE

Gilles Tibo

Illustrateur depuis plus de vingt ans, Gilles Tibo est reconnu pour ses superbes albums, dont ceux de la série *Simon*. Enthousiasmé par l'aventure de l'écriture, il a créé d'autres personnages. Il s'est laissé charmer par ces nouveaux héros qui prenaient vie, page après page. Pour notre plus grand bonheur, l'aventure de Noémie est devenue son premier roman.

Louise-Andrée Laliberté

Quand elle était petite, pour s'amuser, Louise-Andrée Laliberté inventait toutes sortes d'histoires qui faisaient vivre les images. Maintenant qu'elle a grandi, elle dessine des images qui nous racontent des histoires. Louise-Andrée crée avec bonne humeur des images, des décors ou des costumes pour les musées et les compagnies de publicité ou de théâtre. Tant au Canada qu'aux États-Unis, ses illustrations ajoutent de la vie aux livres spécialisés et de la couleur aux ouvrages scolaires ou littéraires. Elle illustre pour vous la série Noémie.

Série Noémie

Noémie a sept ans et trois quarts. Avec Madame Lumbago, sa vieille gardienne qui est aussi sa voisine et sa complice, elle apprend à grandir. Lors d'événements pleins de rebondissements et de mille péripéties, elle découvre la tendresse, la complicité, l'amitié, la persévérance et la mort aussi. Coup de cœur garanti !

Noémie
La Cage
perdue

Noémie

La Cage
perdue

GILLES TIBO

ILLUSTRATIONS : LOUISE-ANDRÉE LALIBERTÉ

QUÉBEC AMÉRIQUE JEUNESSE

329, rue de la Commune O., 3ᵉ étage, Montréal (Québec) H2Y 2E1, Tél. : (514) 499-3000

Données de catalogage avant publication (Canada)
Tibo, Gilles
    La Cage perdue
    (Bilbo jeunesse ; 112)
    (Noémie ; 12)
    ISBN 2-7644-0170-1
    I. Titre. II. Collection. III. Collection :
    Tibo, Gilles, 1951-   . Noémie; 12.

PS8589.I26C33 2002   jC843'.54   C2002-940706-0
PS9589.I26C33 2002
PZ23.T52Ca 2002

Nous reconnaissons l'aide financière du gouvernement du Canada
par l'entremise du Programme d'aide au développement de
l'industrie de l'édition (PADIÉ) pour nos activités d'édition.

Gouvernement du Québec – Programme de crédit d'impôt pour
l'édition de livres – Gestion SODEC.

Les Éditions Québec Amérique bénéficient du programme de
subvention globale du Conseil des Arts du Canada. Elles tiennent
également à remercier la SODEC pour son appui financier.

Dépôt légal : 3e trimestre 2002
Bibliothèque nationale du Québec
Bibliothèque nationale du Canada

Révision linguistique : Michèle Marineau
Mise en pages : Andréa Joseph [PageXpress]

*À Ariane Jutras, d'Abitibi,
la meilleure amie de Noémie.*

-1-

Le petit serin

Ce matin, le ciel est bleu, le soleil brille, les oiseaux chantent, et, moi, je suis malheureuse, tellement malheureuse que j'ai le goût de rester étendue dans mon lit pour le reste de ma vie.

Je n'ai le goût de rien faire depuis exactement six jours, seize heures, vingt-sept minutes et quarante secondes. Je n'ai le goût de rien faire depuis que le petit serin de grand-maman est... depuis que le petit serin de grand-maman n'est plus vivant.

Grand-maman est encore plus malheureuse que moi parce que c'était son petit serin personnel. C'est elle qui l'avait acheté. C'est elle qui le soignait. Et puis, il y exactement six jours, seize heures, vingt-sept minutes et quarante-huit secondes, le petit serin a cessé de chanter. Il a quitté son perchoir et il est tombé comme une roche au fond de sa cage. Grand-maman m'a appelée au téléphone. Elle a soupiré trois fois mon nom :

— Noémie ? Noémie ! Noémie…

Au son de sa voix, j'ai tout de suite compris qu'elle vivait un malheur et que j'en vivrais un par ricochet. J'ai répondu :

— J'arrive tout de suite !

J'ai raccroché. Je me suis élancée dehors et me suis

précipitée dans l'escalier. J'ai grimpé les marches en quatrième vitesse et je suis entrée chez ma grand-mère en criant:

— Qu'est-ce qu'il y a? Qu'est-ce qu'il y a, grand-maman?

Aucune réponse. Toutes les lumières de l'appartement étaient éteintes. Le cœur battant, j'ai traversé le corridor et j'ai aperçu grand-maman dans la cuisine, debout, immobile devant la cage qui semblait vide.

Grand-maman ne disait rien. De grosses larmes coulaient sur ses joues. Je me suis blottie contre elle. On aurait dit que son cœur ne battait plus, que ses poumons ne respiraient plus. Je lui ai murmuré:

— Je vous aime, grand-maman... Je vous aime...

Son cœur a recommencé à battre. Ses poumons ont soupiré. Elle a chuchoté quelques mots en regardant la cage. J'ai fermé les yeux, puis, en me levant sur la pointe des pieds, je me suis étiré le cou. J'ai attendu quelques secondes en serrant grand-maman dans mes bras, puis lentement, très lentement, j'ai entrouvert une paupière pour regarder au fond de la cage. Le petit serin était couché sur le côté. Il était... il était... il n'y avait plus de vie dedans. Je ne savais plus quoi dire ni quoi faire. Je voulais me sauver le plus loin possible, mais on aurait dit que mes jambes étaient devenues plus molles que du caoutchouc.

Grand-maman et moi, nous sommes restées plusieurs

minutes immobiles, à écouter le tic-tac de l'horloge et les ronronnements du réfrigérateur. Pendant ce temps, je pensais à tous les bons moments que j'avais vécus en écoutant le petit serin. De son côté, grand-maman devait penser à la même chose. Du coin de l'œil, je l'ai vue sortir un mouchoir de sa poche afin d'essuyer les larmes qui coulaient sur ses joues. Puis elle a essuyé mes yeux tout mouillés. Ensuite, je ne sais pas trop ce qui est arrivé. Nous sommes restées dans les bras l'une de l'autre en regardant le soleil descendre par-dessus les toits.

Lorsque l'intérieur de la cuisine est devenu tout gris, grand-maman et moi, nous nous sommes bercées dans les bras l'une de l'autre, puis nous

nous sommes séparées au ralenti comme dans les films. Pendant que grand-maman se réchauffait une tasse de thé, j'ai téléphoné en bas, chez moi. Mon père a répondu. Je lui ai dit que le petit serin était... que le petit serin n'était plus...

Mon père a dit:

— Ah oui? Ça, c'est vraiment triste.

— Oui, c'est vraiment triste. Tellement triste que, ce soir, je vais coucher chez grand-maman.

Mon père a murmuré:

— D'accord, ma chérie... Je comprends...

Ensuite, j'ai raccroché. Grand-maman a encore une fois essuyé ses yeux, puis, lentement, en tremblant un peu, elle a ouvert la porte de la cage et elle a pris le petit serin au creux de sa main. Il avait le cou tout mou. Grand-maman l'a serré contre son cœur et lui a donné un bisou qui n'a pas fait SMACK. C'était juste un petit bec du bout des lèvres. Moi, je ne savais pas comment réagir. J'imaginais que le petit serin ouvrirait ses ailes et qu'il s'envolerait vers la cuisinière ou vers le dessus d'une armoire.

Comme si elle lisait dans mes pensées, grand-maman a murmuré :

— Mon petit serin ne volera plus jamais… ne chantera plus jamais…

Elle a regardé à gauche, à droite, puis elle a allumé la petite lumière au-dessus de la cuisinière. Elle s'est emparée d'un linge à vaisselle et l'a étendu sur la table. En pleurant, elle a déposé le petit serin sur le linge à vaisselle, elle a replié les bords et lentement, très lentement, elle a roulé le linge autour du serin pour en faire un petit paquet. Elle est restée immobile pendant de longues secondes à regarder le petit linceul, puis elle s'est dirigée vers un tiroir, en a sorti deux bougies et m'en a donné une. Je n'étais pas certaine de comprendre ce qu'elle voulait faire. J'essayais d'imaginer la suite, mais mon imagination ne fonctionnait plus, elle était noyée dans le chagrin.

Grand-maman a fait craquer une allumette pour allumer les bougies. On aurait dit que le monde avait cessé de tourner. L'horloge et le réfrigérateur gardaient le silence. Il n'y avait plus que ma grand-mère et moi, une bougie à la main, devant un linge à vaisselle roulé sur lui-même.

Grand-maman a fouillé dans son tiroir à ustensiles. Elle en a sorti une cuillère à soupe, qu'elle a mise dans la poche de son tablier. Ensuite, elle a ouvert la porte de la cuisine, qui donne sur le balcon arrière. Là, je l'avoue, je ne comprenais plus rien. Je n'avais jamais vu de scène pareille ni dans un film ni dans une émission de télé.

D'une main délicate, grand-maman a pris le linge à vaisselle enroulé autour du petit serin et elle s'est dirigée vers la porte en me faisant signe de l'accompagner. Elle marchait plus lentement que d'habitude, une bougie dans une main, le petit serin dans l'autre.

J'ai refermé la porte derrière nous. Après avoir traversé le balcon, nous avons descendu le grand escalier en tenant nos bougies. Mes oreilles bourdonnaient dans le silence de la nuit. Il n'y avait pas de vent, pas d'étoiles, pas de lune. Il n'y avait que moi, et ma grand-maman, et... le petit serin. Moi, je retenais mes larmes. Mes lèvres tremblaient. Je regardais grand-maman descendre devant moi et j'aurais voulu changer de poste, trouver la télécommande de la vie et me retrouver dans une autre réalité. Mais je ne pouvais me sauver nulle part. J'étais coincée dans ma vraie vie.

Rendue en bas de l'escalier, grand-maman a trottiné vers le fond de la cour. Près de la clôture, elle s'est retournée pour

me remettre sa bougie. C'est à ce moment que j'ai vu ses yeux rougis par le chagrin. C'est à ce moment que j'ai murmuré :

— Ne vous inquiétez pas, grand-maman. Moi, je ne mourrai jamais...

Pour toute réponse, elle a fermé les yeux en souriant tristement.

Puis, elle a ouvert les paupières, elle a fouillé dans la poche de son tablier, elle s'est penchée et elle a commencé à creuser un trou dans la terre. J'ai enfin compris ce qui se passait. J'ai murmuré :

— Creusez profondément... à cause des chats.

Grand-maman a creusé un trou dans le sol, puis elle s'est agenouillée. Ses vieux genoux ont craqué ainsi que tout le reste de son corps. Elle a déposé le petit paquet au fond du trou noir et elle a commencé à le recouvrir. Quand j'ai vu le linge à vaisselle disparaître, mon cœur a chaviré. Les larmes aux yeux, j'ai bredouillé :

— Attendez un instant, je reviens tout de suite…

J'ai gravi l'escalier en quatrième vitesse, je me suis précipitée dans le salon, je me suis emparée d'une photographie de grand-maman et moi, puis, en panique, j'ai cherché d'autres petits objets.

Je suis redescendue dans la cour. J'ai ouvert les mains et j'ai dit :

— Voici une photographie de vous et moi en plein bonheur, et voici un de mes dessins préférés.

Grand-maman a esquissé un sourire triste. Elle a déposé toutes ces choses au fond du trou et elle l'a rempli de terre. Ensuite, elle est restée age-nouillée quelques secondes, puis elle s'est relevée en cra-quant encore une fois. Je lui ai remis les deux bougies. J'ai ramassé des pierres et je les ai déposées sur le petit monticule de terre. Grand-maman a relevé la tête et elle a regardé la nuit noire. Ses lèvres trem-blaient. On aurait dit qu'elle parlait à quelqu'un. Elle balbu-tiait des phrases incompréhen-sibles.

Une brise chaude a soufflé tout d'un coup. Les bougies se sont éteintes. Grand-maman et moi, nous sommes restées dans le noir au fond de la cour, puis, en nous tenant par la main, nous sommes remontées chez elle. En haut, il n'y avait plus rien de pareil. La cuisine semblait aussi vide que la cage. Nous sommes allées nous coucher sans nous brosser les dents.

C'est comme ça que ça s'est passé, il y a exactement six jours, seize heures, trente-quatre minutes et douze secondes.

-2-

La peluche

La vie n'est plus la même depuis la disparition du petit serin. Grand-maman se traîne d'une chaise à l'autre. Elle pleure un petit peu tous les jours. Moi, j'essaie de la consoler, j'essaie de faire des blagues, j'essaie de rire lorsque nous écoutons un film comique, mais, chaque fois que je passe devant la cage vide, mon cœur se tord dans ma poitrine. C'est plus fort que moi. Je revois le petit serin qui chante à tue-tête. Je le vois sauter d'une balançoire à l'autre. Je le vois se baigner dans sa piscine en forme de cœur, se frotter les ailes l'une contre l'autre et nous asperger.

Je me dis que la vie est mal organisée. Je me dis que quelque chose ne tourne pas rond là-dedans. Il faudrait vivre avec des animaux de peluche, des animaux qui ne peuvent pas mourir parce qu'ils ne sont pas vivants. Mes poupées et mes oursons ne mourront jamais. C'est plus facile comme ça. Il faudrait aussi avoir des amies, des parents et des grands-mamans de peluche... et, pour régler le problème une fois pour toutes, il faudrait que, moi aussi, je sois en peluche...

J'imagine la scène suivante : je me réveille, un matin, et je suis faite de peluche rose. Je quitte mon lit et je rejoins mes parents de peluche à la

cuisine. Tous les trois couverts de peluche, nous prenons notre petit-déjeuner... de peluche. J'embrasse mon père sur sa joue de peluche et ma mère aussi. Puis, je monte chez ma grand-maman Lumbago de peluche, qui sirote son thé... de peluche. Je l'embrasse et je me sauve à l'école. La cour est remplie d'enfants et de sur-veillants de peluche. La cloche de peluche résonne. Nous nous dirigeons dans nos classes. À l'heure de la présen-tation orale, je vais à l'avant de la classe et je parle des bien-faits de la peluche. J'explique,à l'aide d'un tableau de peluche que la peluche est la matière la plus merveilleuse de la galaxie. J'explique, à l'aide de savants tableaux, que si les automo-biles étaient peluchées, les accidents deviendraient de véritables parties de plaisir. On se frapperait – FLOUCH… FLOUCH… FLOUCH… – et on ne ressentirait aucune douleur. Plus personne ne se briserait un bras, une jambe ou la tête. Si les trains étaient peluchés, les collisions deviendraient de grandes parties de rigolade… Si le monde entier se faisait pelucher au grand complet… il n'y aurait plus de problèmes!

En pensant à tout ça, j'exagère un petit peu… Je sais que les poupées de peluche s'usent si on les caresse trop ou si on joue trop avec elles. Alors, la peluche sort de leur ventre ou de leur tête, et ça, c'est vraiment triste à voir. Heureusement, il suffit de les recoudre pour que la joie revienne.

Si tout le monde était empe-luché, les médecins se trans-formeraient en couturiers, et tous les problèmes seraient réglés!

-3-

La dépression
nerveuse

Ce matin, comme d'habitude, mes parents sont débordés. Mon père lit son journal, et ma mère fait ses mots croisés. Ensemble, ils me disent:

— Bonjour, Noémie!

Je les embrasse puis je commence à manger un immense bol de céréales. La bouche pleine, je demande:

— Maman, GLOUP... aurais-tu préféré avoir une petite fille en peluche? Et toi, papa, GLOUP... GLOUP... as-tu déjà pensé devenir en peluche de la tête aux pieds?

Mes parents froncent les sourcils, quittent leur journal des yeux et me regardent d'un air interrogateur en disant:

— Quoi?

Je leur répète les deux mêmes questions, mais ils ne me répondent pas. Mon père regarde au plafond, ma mère boit une gorgée de café en soupirant.

Devant leur air songeur, je dis:

— C'est pourtant simple, je veux seulement savoir si vous pensez que la vie serait beaucoup plus simple et bien moins compliquée si les gens, les animaux, les choses et même les trains se transformaient en peluche! Il me semble que ce n'est pas difficile à comprendre!

— Je ne comprends rien, répond mon père. J'ai probablement trop de peluche dans le cerveau.

— Ça, c'est vrai, ajoute ma mère en riant. Il ne comprend rien parce qu'il a trop de peluche dans le cerveau. Ha! ha! ha!

Mon père ne répond pas. Il fait la moue et disparaît derrière les grandes pages de son journal. Moi, je mange mes céréales en pensant au cerveau de mon père, puis je cours dans ma chambre, je m'habille en vitesse et je monte chez grand-maman pour lui donner mille bisous dans le cou.

En entrant dans sa cuisine, j'aperçois grand-maman debout, immobile comme une statue devant la cage vide de son petit serin. De grosses larmes coulent sur ses joues.

Je m'approche lentement et je me blottis contre elle. Je colle mon oreille contre son cœur. Une éternité passe entre les TOC-TOC… Je murmure:

— Ne vous en faites pas, grand-maman…

— Mon Dieu Seigneur, Noémie… Mon Dieu Seigneur…

— Vous devriez faire quelque chose pour vous changer les idées.

— Je n'ai pas le goût de me changer les idées, soupire grand-maman en se laissant tomber sur une chaise.

Lorsque ma grand-mère répond de cette façon-là, ça veut dire que ça va mal, très mal. Je me rends jusqu'à la cuisinière, je vérifie s'il reste du thé dans la théière et j'en verse dans une grande tasse. Je dépose la tasse de thé sur un napperon et je glisse le napperon devant ma grand-maman, puis je m'assois sur ses genoux et je lui dis :

— C'est vrai… Vous avez raison ! La vie est vraiment mal faite. Vous êtes en parfaite santé, vous avez une extraordinaire petite-fille qui est fine, gentille, intelligente, qui vous aime et que vous aimez… vous possédez assez d'argent pour remplir la maison de milliers et de milliers de petits serins… et vous avez une bonne tasse de thé juste sous votre nez. Voulez-vous des biscuits avec ça ?

Grand-maman soupire :

— Je ne veux pas de milliers de serins… Je voudrais juste…

Elle ne termine pas sa phrase, mais je sais ce qu'elle voulait ajouter. Je regarde grand-maman et, oh, je me dis qu'elle fait une dépression nerveuse. Des dépressions nerveuses, j'en ai vu des dizaines et des dizaines à la télévision. Je n'ai pas le goût de voir ma grand-mère se promener en robe de chambre à longueur de journée. Alors, je dis, pour lui changer les idées :

— Grand-maman, aimeriez-vous avoir un chien ?

Pas de réponse.

— Aimeriez-vous avoir des poissons rouges, des tortues, des hamsters ?

Pas de réponse.

Pour la faire rire, j'ajoute :

— Aimeriez-vous héberger un mouton, une chèvre, une

vache, un hippopotame, un éléphant, un dinosaure?

Pas de réponse. Pas même un semblant de sourire sur ses lèvres. J'ai l'impression que ma grand-mère fait une double dépression nerveuse. Je lui dis:

— Bon, aujourd'hui, il fait beau. Je vous invite à venir jouer au parc avec moi!

Pas de réponse. Elle fait une triple dépression nerveuse.

— Je vous invite à manger au restaurant et, ensuite, à venir voir un film, n'importe lequel, vous n'avez qu'à choisir!

Pas de réponse. C'est certain, elle fait une quadruple dépression nerveuse.

Je finis par lui dire:

— Grand-maman, aujourd'hui, j'aimerais que vous soyez une grand-maman de peluche avec une clé dans le dos comme les automates. Je tournerais la clé et je remonterais votre ressort…

Pas de réponse. J'ajoute sur un ton autoritaire qui me surprend moi-même :

— Je comprends votre peine, mais je ne vous laisserai pas faire une dépression. Habillez-vous tout de suite ! Nous allons nous promener !

À ma grande surprise, grand-maman se lève et se dirige vers sa chambre en laissant traîner ses pieds sur le plancher. Pendant qu'elle ouvre et referme des tiroirs, j'essaie de me souvenir de toutes les phrases d'encouragement que j'ai entendues à la télévision et dans les chansons. Je lui crie :

— Dans la vie, il faut foncer vers l'avenir ! Quand ça va mal,

ça veut dire que ça va s'amé-
liorer par la suite! Il faut croire
en demain! L'amour est plus
fort que tout!

Soudain, pendant que je crie
d'autres bouts de phrases, je
me retourne et j'aperçois grand-
maman dans le corridor. Ma
tactique a fonctionné dix sur
dix, comme on dit dans les
films. Grand-maman porte une
belle robe et un beau chapeau.
Elle me demande tristement:

— Où veux-tu aller?

Je réponds:

— Heu... je ne sais pas...
n'importe où...

Mais ce n'est pas vrai... je
sais exactement où je veux
l'emmener!

-4-

Destination
inconnue?

Nous quittons la maison. Subtilement, je me dirige vers la droite, vers l'animalerie où ils vendent des petits serins. Grand-maman trottine près de moi. Pour lui changer les idées, pour qu'elle ne se doute de rien, je dis n'importe quoi. Je lui parle de la pluie et du beau temps, je lui parle de ma semaine à l'école, j'invente des blagues que je fais semblant de trouver drôles… Je me tords de rire sur le trottoir…

Grand-maman ne rit pas. Elle lève la tête pour regarder les oiseaux qui virevoltent dans le ciel. Afin d'attirer son attention vers le sol, je m'écrie:

— Oh! regardez le beau trottoir! Regardez les fourmis! Oh! le beau caillou! Oh! le beau brin d'herbe! Oh! le beau papier déchiré!

Subtilement, je l'entraîne sur la rue principale et je continue à parler et à parler et à parler comme un moulin à paroles jusqu'à ce que grand-maman me dise:

— Noémie, me prends-tu pour une folle?

— Je... heu... Mais non, grand-maman! Pourquoi me demandez-vous ça?

— Mon petit doigt me dit que tu veux me changer les idées. Mon petit doigt me dit que tu essaies de m'emmener quelque part...

— Mais non, mais non...

— Mais oui, mais oui…

— Mais non, mais non…

Elle montre une vitrine du doigt en disant :

— Tu as raison… une bonne crème glacée me ferait le plus grand bien !

Excellent ! Elle ne se doute de rien. Je réponds :

— Je crois que ça me ferait du bien à moi aussi !

Nous commandons chacune un cornet à trois boules, que nous mangeons sur la terrasse en regardant passer les piétons. Mais tout cela ne réussit pas à changer les idées de grand-maman. Elle mange sa crème glacée en regardant planer les oiseaux par-dessus les maisons.

Pour la distraire, je propose de jouer au jeu des ressemblances. Il s'agit de trouver à quel objet ou à quel animal quelqu'un nous fait penser. Je commence en disant:

— Le monsieur, là-bas, il me fait penser à un poulet avec une tête d'ananas! La dame, là-bas, ressemble à une sauterelle en espadrilles avec des bras de crème fouettée... Le petit garçon ressemble à un ressort à roulettes... Le chien ressemble à une saucisse avec quatre cure-dents... À vous de jouer, grand-maman!

— Mon Dieu Seigneur! Le petit garçon sur le trottoir me fait penser à un... à un petit serin... Son père ressemble à... à un canari...

Bon, c'est raté... Je propose de jouer à deviner l'animal auquel l'autre est en train de penser. Mais grand-maman répond toujours:

— Un petit serin? Un petit canari?

-5-

L'animalerie

Quand nous avons fini notre crème glacée, grand-maman demande:

— Qu'est-ce qu'on fait, maintenant?

— Rien, nous allons juste marcher et regarder les vitrines... Cela va vous changer les idées.

Les vitrines ressemblent à des écrans de cinéma. Des écrans géants dans lesquels rien ne bouge. Alors, on peut en profiter pour rêver un peu. Nous regardons des vitrines remplies de souliers. J'imagine que je deviens un mille-pattes et que je porte cinq cents paires de souliers. D'autres vitrines montrent des disques. J'imagine que j'ai mille paires d'oreilles, que je porte mille baladeurs et que j'écoute mille disques en même temps. D'autres vitrines sont remplies d'ordinateurs. J'essaie d'imaginer quelque chose d'incroyable et de merveilleux avec les ordinateurs, mais je ne trouve rien d'intéressant. Soudain… par un pur hasard… nous nous retrouvons devant l'animalerie. Je dis subtilement:

— Ah! J'aimerais connaître le prix d'un poisson rouge! Je veux en donner un à mon amie Julie pour son anniversaire!

Avant que grand-maman réagisse, je pousse la porte et je m'engouffre à l'intérieur de l'animalerie. En courant, je me

dirige vers un grand mur cou-
vert d'aquariums. Des centaines
de poissons nagent en tous
sens. En regardant les poissons,
je jette des coups d'œil vers
grand-maman. Elle s'avance
dans l'animalerie, s'approche
des aquariums, regarde les
petits poissons sans enthou-
siasme, puis, lentement, comme
si elle glissait sur le plancher,
elle se dirige vers le fond du
magasin. Elle s'arrête devant
des cages où chantent des
dizaines et des dizaines de
serins, perruches, colombes,
tourterelles. Tout va bien, tout
va bien…

Pendant que je fais semblant
de m'intéresser aux poissons,
grand-maman parle à un vendeur. Je ne comprends pas ce
qu'ils disent, mais ils discutent
sûrement d'oiseaux parce que,

lui, il lève souvent les bras comme s'il voulait s'envoler.

Je m'approche subtilement en faisant semblant de rien et je demande d'un air complètement naïf:

— Qu'est-ce que vous faites, grand-maman?

— Rien…

— Rien comment?

— Rien, je me renseigne pour savoir s'ils achèteraient ma vieille cage.

— Quoi? Vous voulez vendre votre cage? Vous ne voulez plus de serin? Mais ce n'est pas possible! Que vais-je devenir sans serin qui chante pendant que je fais mes devoirs chez vous? Qu'allons-nous devenir sans serin qui chante pendant que nous regardons la télévision? Qu'allons-nous devenir sans…

Et puis, soudain, je regarde le vendeur en demandant:

— Et qui donc voudra racheter une vieille cage toute pourrie, pleine de rouille sur les barreaux? Une vieille cage remplie de vieux souvenirs! Une vieille cage qui...

— Mon Dieu Seigneur... Calme-toi, Noémie! Je veux me débarrasser de ma vieille cage pour en acheter une plus belle, une plus grande, pour que mon prochain oiseau puisse voler sans se froisser les ailes.

En entendant ces mots, je me lance au cou de grand-maman:

— WOW! Quelle bonne idée! Quel oiseau voulez-vous? Quelle cage voulez-vous?

— Un instant, Noémie, tu vas trop vite pour moi.

— Comment ça, trop vite?

— Je ne suis pas encore prête…

— Comment ça, vous n'êtes pas prête? Vous n'avez plus d'oiseau… Vous êtes dans une animalerie devant des serins tout neufs, des cages toutes neuves, et vous n'êtes pas prête?

— Non, je ne suis pas prête… Je dois… je dois…

— Vous devez quoi?

— Je dois faire mon deuil.

Le vendeur et moi, nous nous regardons en fronçant les sourcils d'un air interrogateur. Je demande :

— C'est quoi, ça, un deuil?

— C'est la période de temps qui est nécessaire pour pleurer, pour avoir des regrets, pour se souvenir, et pour avoir le goût de recommencer…

— Oui, mais, votre serin est… n'est plus… depuis

longtemps... Il me semble que...

— Je dois attendre encore un peu...

Des fois, j'ai l'impression que ma grand-mère fait exprès de me faire enrager. Qu'elle fait exprès de prendre son temps, de ralentir le cours des événements. Mais je fais semblant de rien. Je ne lui montre pas qu'elle m'énerve. Je lui demande en souriant :

— Et votre deuil, il va durer combien de temps encore ? Une minute, une heure, une journée ?

— Je ne sais pas... On ne peut jamais le savoir à l'avance.

Là, je n'en peux plus. Je suis au bord de la crise de nerfs. Je prends grand-maman par la main, je tire sur son bras et je lui chuchote à l'oreille :

— Écoutez-moi, j'ai une bonne idée. Rien ne vous empêche d'acheter un serin tout neuf, une cage toute neuve, et de faire votre deuil en même temps!

— Ma pauvre Noémie, ça ne se passe pas comme ça... Il faut laisser passer du temps... jusqu'à ce que l'on se sente prête à...

Et moi, en l'écoutant parler de son deuil, je l'imagine encore dans la cuisine en robe de chambre. Je ne la laisserai pas faire une dépression nerveuse comme ça. Je me tourne vers le vendeur et je lui demande:

— Lequel de vos serins est le champion chanteur?

Le vendeur se rend jusqu'à une cage et me désigne un magnifique petit serin jaune qui chante à tue-tête. Je m'approche et je siffle en essayant de l'imiter. Le petit serin reprend de plus belle. Il chante, il siffle, il roucoule, il gazouille. C'est un véritable champion. À lui tout seul, il chante plus fort que tous les autres. Alors, je continue de siffler avec lui. Ensemble, nous formons un incroyable duo. Je sens que nous sommes faits l'un pour l'autre. Il semble me regarder en disant : «Je t'en prie, Noémie, demande à ta grand-maman de me prendre chez elle.»

Je continue de siffler, puis, en souriant, je me retourne vers grand-maman. Elle s'est volatilisée. Je suis seule avec le vendeur. Grand-maman a disparu.

Je me précipite entre les allées. Je la vois qui referme la porte de l'animalerie. Je crie :

— Grand-maman ! Grand-maman ! Attendez-moi !

En arrivant sur le trottoir, grand-maman se retourne et me dit :

— Noémie, n'insiste pas !

— Mais… grand-maman… je…

— Noémie, je t'en prie…

-6-

Le temps passe

Le temps passe. Tous les jours, après l'école, je me rends chez grand-maman, je bois mon verre de lait, je mange mes biscuits et je fais mes devoirs devant la petite cage vide comme un désert. Pendant que j'apprends mes leçons, j'épie grand-maman du coin de l'œil. Je la regarde bouger, marcher, préparer le souper. Elle ne remonte pas la côte. Je veux dire qu'elle ne va pas mieux.

Soudain, un éclair jaillit dans ma tête. Je comprends tout, tout, tout. Le problème, c'est la cage, cette foutue cage que ma grand-mère voit deux mille fois par jour et qui lui fait penser à son serin deux mille fois par jour, provoquant deux mille moments de tristesse, ce qui est beaucoup pour une seule personne. Alors, il n'y a qu'une solution : cette cage doit disparaître de la cuisine.

Subtilement, je demande :

— Grand-maman, est-ce que je pourrais emprunter la cage pendant quelques jours ?

— La cage ? Mais pour quoi faire ?

— Parce que... parce que Julie, dans ma classe, a trouvé un petit oisillon, et nous n'avons pas d'endroit pour le garder en sécurité, et ce ne serait que pour quelques jours, le temps qu'il puisse s'envoler.

Grand-maman répond :

— Ouais...

— Est-ce un « ouais » qui veut dire « oui » ou un « ouais » qui veut dire « non »?

— C'est un « ouais » qui veut dire « je vais y penser »... et, s'il te plaît, ne me demande pas combien de temps je vais y penser...

Bon, je crois que je vais changer de tactique. Je continue de faire semblant d'étudier, mais je réfléchis. Après quelques minutes, je demande :

— Ma belle grand-maman d'amour, me prêteriez-vous votre cage pendant quelques jours? Je la placerais dans ma chambre, près de la fenêtre...

— Pour quoi faire, dans ta chambre?

— Je... je ne sais pas... Pour... pour... pour y cacher mon petit aquarium rond...

pour empêcher le chat de manger mon poisson rouge.

— Noémie, ce que tu me demandes là est complètement ridicule...

Je continue de faire semblant d'étudier, puis je referme mes cahiers en m'exclamant :

— Ah oui, j'avais oublié de vous dire... À l'école, nous organisons le concours annuel de la plus belle cage... J'aimerais...

Grand-maman essuie ses mains sur son tablier, se tourne vers moi et me dit en soupirant :

— Bon, Noémie, si cette cage te dérange, je vais la placer ailleurs !

Et, là, je n'en crois pas mes yeux. Sans le savoir, grand-maman fait exactement ce que je désire. Elle s'empare de la cage en lançant :

— Je vais la placer dans un endroit où elle ne te dérangera pas.

Grand-maman quitte la cuisine avec la cage, puis elle marche dans le corridor.

Mais… oh non ! Ce n'est pas vrai ! Grand-maman entre dans sa chambre et dépose la cage sur la table de chevet. À présent, elle va voir la cage en se levant, en s'habillant, en se coiffant, en se maquillant, en se déshabillant, en se décoiffant, en se démaquillant et en se couchant ! Un plan pour faire des cauchemars de cage toutes les nuits.

Je réfléchis si fort et si rapidement que j'en ai mal au front :

— Grand-maman, il est extrêmement dangereux de

dormir près d'une cage d'oiseau.

— Pourquoi?

— Pour… pour plusieurs raisons… J'ai regardé des reportages à la télévision. Des spécialistes du sommeil ont dit et répété qu'il était extrêmement dangereux de dormir près d'une cage.

— Je ne vois pas pourquoi!

— Premièrement… Si la foudre tombe sur la maison, elle sera attirée par le métal de la cage, et vous serez complètement carbonisée dans votre lit… Deuxièmement, si vous vous étirez le bras pendant la nuit, vous pourriez vous coincer les doigts entre les barreaux, et vous faire très mal, et vous retrouver à l'hôpital avec des nœuds dans les doigts… Troisièmement, c'est prouvé, dormir près d'une cage vide porte malheur. C'est un grand savant qui l'a dit... Quatrièmement...

J'ai beau chercher, je ne trouve pas de quatrièmement. Grand-maman me regarde et dit :

— Bon, si tu es si fine, où devrais-je placer cette cage?

En me mordant l'intérieur des joues pour ne pas sourire et en faisant semblant de rien, je prends la cage sur la table de chevet, je quitte la chambre, je marche jusqu'au vestibule et j'ouvre la porte d'entrée. Grand-maman se précipite vers moi et me demande :

— Mais où vas-tu avec la cage?

— Grand-maman, avez-vous confiance en moi?

— Je... heu... oui...

— Alors faites-moi con-
fiance!

— Je te ferai confiance seulement si tu me jures que tu
n'apporteras pas la cage à
l'école.

— D'accord, grand-maman!
Je vous jure que cette cage ne
quittera pas la maison. Parole
d'honneur! Si je mens, je vais
en enfer!

-7-

Surprise chez madame Cormier

Je referme la porte de chez grand-maman et je descends l'escalier en tenant la cage vide. En posant mes pieds sur les marches, j'essaie de penser à ce que je vais faire avec cette cage vide. Première marche, je pense à la cacher dans le fond de ma garde-robe. Deuxième marche, je vais la cacher dans un coin du sous-sol. Troisième marche, j'aperçois le facteur. Je pourrais coller des timbres sur la cage et l'expédier très loin dans un autre pays. Mais j'ai fait une promesse, et une promesse est une promesse… Quatrième marche, j'aperçois les éboueurs qui s'approchent avec leur gros camion. Je pourrais lancer la cage dans la bouche du camion et HOP… Mais je n'ai qu'une parole…

Rendue en bas, je ne sais toujours pas ce que je vais faire de cette foutue cage. L'important, c'est qu'elle soit quelque part dans la maison, le plus loin possible de grand-maman. Je m'assois dans le bas de l'escalier et je réfléchis en regardant les oiseaux virevolter sous les nuages.

Soudain, la voisine, madame Cormier, stationne son automobile juste devant moi. Elle me lance, en sortant de sa voiture :

— Bonjour, Noémie ! Que fais-tu avec une cage vide ?

Attends-tu qu'un moineau vienne y nicher?

Je ne réponds pas, je regarde les oiseaux et j'essaie de penser à autre chose.

Madame Cormier ouvre le coffre arrière de sa voiture. Il est rempli de sacs d'épicerie. C'est incroyable.

En regardant madame Cormier, je me pose une question philosophique qui exige une réponse immédiate et définitive: la maison de la voisine peut-elle être considérée comme la maison où habite grand-maman, étant donné que les deux maisons sont dans le même pâté de maisons, ce qui forme finalement une grande maison composée de plusieurs petites maisons? Il me semble que c'est logique: la réponse immédiate que j'entends dans ma tête est «oui».

Alors, je m'approche en courant et je demande à ma voisine:

— Vous avez beaucoup de sacs... Puis-je vous aider à les transporter à l'intérieur, étant donné que votre maison est collée à la nôtre et qu'elle fait ainsi partie de notre maison?

— Heu... oui... oui... répond madame Cormier, qui ne se doute de rien.

Elle me tend deux petits sacs. Elle réussit à en prendre quatre, puis elle referme le coffre. Ensemble, nous nous dirigeons vers sa maison. Elle dépose ses sacs par terre et insère sa clé dans la serrure. Nous entrons, nous traversons un long corridor et nous nous rendons jusqu'à la cuisine. En

marchant avec mes sacs, je ralentis un peu et je regarde rapidement les différentes pièces de la maison. Il y a plein d'espace où je pourrais cacher la cage : derrière les canapés du salon, derrière une grande armoire placée dans un coin, derrière de grands rideaux...

Rendue dans la cuisine, madame Cormier ouvre une porte en disant :

— Nous allons placer le contenu de ces sacs dans le réfrigérateur du sous-sol.

Excellent ! Un sous-sol est un très bon endroit pour cacher une cage. Je descends les quelques marches qui mènent au sous-sol et, soudain, mon cœur veut exploser dans ma poitrine, ma gorge devient sèche comme le sable d'un désert. Tout mon sang tombe dans mes talons, j'ai l'impression que je vais m'évanouir. Le sous-sol est rempli de cages vides. Je ne rêve pas: le sous-sol est rempli de cages vides. Des cages de toutes les formes et de toutes les grosseurs. Je reste figée sur place. Je n'en reviens pas. Madame Cormier me lance:

— Ne t'occupe pas de tout ce bric-à-brac. Demain, toutes ces cages disparaîtront…

— C… C… Comment ça, elles disparaîtront?

— Ces cages appartenaient à mon mari, qui était un spécialiste des oiseaux tropicaux. Je les donne à un jardin zoologique qui viendra les chercher demain matin.

Puis elle ajoute, en plaçant les provisions dans le réfrigérateur:

— Bon débarras! Finies les cages! Ça va me faire plus de place!

— Plus de place pour quoi?

— Pour n'importe quoi, mais surtout pas pour des cages vides!

En vidant les sacs d'épicerie et en plaçant la nourriture, madame Cormier lance, comme si elle se parlait à elle-même :

— Les cages, je ne peux plus les supporter. Je ne peux plus les voir ni en vrai ni en photo... je ne suis plus capable... plus capable... plus capable!

Complètement abasourdie, je remonte dans la cuisine avec madame Cormier. Ensemble, nous nous dirigeons vers la sortie pour aller chercher les autres sacs dans le coffre de l'automobile. En arrivant

dehors, mon cœur veut exploser. Mon sang ne fait qu'un
tour dans mes veines. Je deviens tout étourdie en regardant les premières marches de
l'escalier. Elles sont vides.
Complètement vides. La cage
du petit serin a disparu. Quelqu'un l'a volée. Je me mets à
trembler de la tête aux pieds.

Madame Cormier me de-
mande :

— Est-ce que ça va, Noé-
mie ?

J'éclate en sanglots :

— Non, ça ne va pas, snif…
ça ne va pas, snif…

En vitesse, je m'élance sur le
trottoir et je cours jusqu'au premier coin de rue. Je ne vois
personne avec une cage. Je
reviens sur mes pas et je cours
jusqu'à l'autre coin de rue. Il n'y
a que des piétons ordinaires,

des cyclistes ordinaires, des automobiles ordinaires et des camions ordinaires.

Pendant que madame Cormier transporte d'autres sacs, je me précipite dans la maison et cours vers mon père en lui demandant :

— Papa, est-ce toi qui as rentré la cage vide ?

— Non... Pourquoi aurais-je fait une chose pareille ?

Je pose la même question à ma mère, qui arrose ses fleurs sur le balcon arrière. Même réponse que celle de mon père :

— Mais non... Pourquoi aurais-je fait une chose pareille ?

En vitesse, je monte chez grand-maman et je fais le tour de son appartement. Je ne vois la cage nulle part. Grand-maman me demande :

— Ça va, Noémie? Que cherches-tu?

— Rien, rien... que je réponds en souriant, mais j'ai le reste du corps complètement paniqué, et même plus si ça se peut...

-8-

Les recherches

Je sors de chez grand-maman et je regarde les nuages. J'ai l'impression que le ciel va chavirer, que je vais me noyer dedans. La cage du petit serin a disparu, et je dois absolument la retrouver. Elle est quelque part, c'est certain! Mais où? Mais où? Mais où?

J'essaie de récapituler. J'essaie de refaire le fil des événements, mais cela ne donne rien. La cage a été volée pendant que j'étais chez madame Cormier. C'est tout ce que je sais.

Je cherche un indice au pied de l'escalier. Mais je ne

vois rien, rien que des marches de bois, rien qu'une rampe en métal, rien que du ciment sur le trottoir qui ressemble à n'importe quel ciment sur n'importe quel trottoir.

Je fais les cent pas en me mordant les lèvres, en me tordant les doigts et en me demandant qui aurait intérêt à voler une cage. Quelqu'un qui a un oiseau? Quelqu'un qui a déjà un oiseau possède probablement déjà une cage.

Quelqu'un qui n'a pas de cage et qui voudrait avoir un oiseau? Je ne sais pas. Je ne sais plus... Je suis tout étourdie.

Et, soudain, je pense à quelque chose: le voleur, ou la voleuse, est peut-être tout simplement un voisin ou une voisine. Alors, prenant mon courage à deux mains, je vais sonner chez mes voisins.

Il n'y a personne chez mon premier voisin de gauche.

La porte s'ouvre chez le deuxième voisin. Tout excitée, je dis:

— Bonjour, monsieur. Je m'appelle Noémie, je suis votre deuxième voisine et... heu... sans le vouloir, auriez-vous volé une cage d'oiseau que j'avais laissée sur les premières marches de mon escalier?

— Mais non! Pourquoi aurais-je fait une chose pareille?

— Bon, alors... est-ce que quelqu'un dans votre maison aurait pu faire une chose pareille?

— Certainement pas!

Le monsieur referme la porte. Le cœur battant, je me précipite vers la porte de mon autre voisin, à qui je pose la même question. Il me donne la même réponse. Et ainsi de suite jusqu'au coin de la rue. Les réponses sont toujours : non, non, non, non, non…

Je n'ai jamais été aussi découragée de toute ma vie.

Je retourne chez moi et j'essaie de penser à tous les films que j'ai vus à la télévision et au cinéma. Je pourrais appeler le F.B.I. ou Scotland Yard, qui sont, dans tous les films, les meilleurs pour mener une enquête. Alors, j'ouvre le gros bottin téléphonique et je cherche F.B.I. et Scotland Yard, mais je ne les trouve pas. Ils doivent opérer sous un nom secret ou un nom de code pour ne pas se faire repérer.

Je suis découragée, mais pas trop longtemps parce que je

viens d'avoir une bonne idée. Je tourne les pages du gros bottin et je trouve la rubrique DÉTECTIVES. C'est incroyable : une vingtaine de détectives annoncent leurs services à la vue de tous ! Certains sont spécialisés dans les enquêtes civiles et criminelles. D'autres font de la filature de conjoints. D'autres encore s'occupent des conflits de travail, des sabotages, des fraudes, mais personne n'est spécialisé dans les vols de cages vides.

Sans perdre de temps, je choisis une annonce au hasard et je compose le numéro de téléphone. Dring... Dring... Dring...

Une grosse voix répond :

— Ici l'AAAgence de SSSécurité MMMaximum... BBBonjour !

— Je… heu… Bonjour monsieur… J'aimerais savoir si… Voilà… en quelques mots… le serin de ma grand-mère est décédé et elle l'aimait beaucoup… Bref, j'ai sorti la cage de la maison afin que ma grand-mère puisse faire son deuil plus rapidement. Je l'ai laissée, la cage, pas ma grand-mère, seulement quelques minutes dans le bas de l'escalier pendant que j'aidais ma voisine, madame Cormier, à rentrer ses sacs d'épicerie dans sa maison, et en ressortant de chez elle, BANG!, la cage avait disparu. Pouvez-vous m'aider, parce que j'avais promis à ma grand-mère de m'occuper de sa cage et…

Le détective éclate de rire:

— HA! HA! HA! HO! HO! HO!

Puis, redevenant sérieux comme un vrai détective, il me dit :

— En vingt ans de métier, c'est la première fois qu'on me demande de retrouver une cage d'oiseau. Elle est bien bonne, celle-là !

Je déteste qu'on ne me prenne pas au sérieux lorsque je vis un drame épouvantable. Je dis au détective :

— Monsieur le détective, il n'y a rien de drôle là-dedans.

Mais il ne me laisse pas le temps de terminer ma phrase. Il ajoute :

— Bon, voilà : il en coûte trois cents dollars pour ouvrir le dossier et prendre connaissance des faits concernant l'événement. Ensuite, il en coûte cinquante dollars l'heure…

Je lui coupe la parole en disant:

— Bon, ça va, j'ai compris! Excusez-moi de vous avoir dérangé!

Je raccroche et je continue de feuilleter le gros bottin en espérant trouver une idée géniale pour retrouver la cage. Je tombe sur la rubrique des fleuristes. Rien à voir. Équipement photographique. Rien à voir. Salon de coiffure. Rien à voir. Et, soudain, je tombe sur la rubrique: Astrologie.

Tout excitée, je compose le numéro d'une voyante. Dring... Dring... Dring... Soudain, une musique céleste envahit mes oreilles. Une voix langoureuse murmure:

— Bienvenue dans la neuvième dimension. Je suis présentement quelque part dans une autre sphère d'énergie... Laissez-moi vos coordonnées terrestres... je vous contacterai dès mon retour...

Puis une petite clochette résonne. Je laisse mon message :

— Bonjour, madame la voyante... Voici... je voudrais retrouver une... je voudrais retrouver quelque chose qui a été volé...

Puis je donne mon numéro de téléphone et je raccroche.

▲ ▲ ▲

Je reste près du téléphone pendant plus d'une heure. J'attends, j'attends, j'attends comme si je n'avais rien d'autre à faire. Mon père passe la balayeuse, ma mère travaille à son ordinateur. Soudain, je

sursaute. Dring! Dring! Dring!
Le son du téléphone résonne
dans tout le salon. Je me rue
vers le récepteur en criant:

— Ne répondez pas! C'est
pour moi!

J'entends une voix de femme
qui susurre à mon oreille:

— Bonjour! J'appelle au
sujet de la chose qui a été
volée...

Je réponds:

— Oui... heu... J'aimerais
savoir si, avec vos dons de
clairvoyance, vous pourriez
rapidement retrouver... quelque
chose?

— Bien sûr, répond la voix.
S'agit-il d'un bijou? d'un billet
gagnant pour la Loto? d'une
clé de coffre-fort? d'un...

— Heu, non! Il s'agit d'une
cage de serin, mais sans serin
dedans...

— Oh! je vois! S'agit-il d'une cage en or massif sertie d'émeraudes et de pierres précieuses?

— Non... Il s'agit d'une petite cage de rien du tout qui ne vaut rien du tout...

— Je vois... Je vois... il s'agit donc d'une cage qui a une grande valeur sentimentale.

— Oui! Exactement! Mais je n'ai pas d'argent pour vous payer!

— Je vois... je vois, répond la voyante. Je vais vous aider parce que vous êtes dans le pétrin et que je sens de bonnes vibrations... Alors, voilà ce que vous allez faire : vous allez vous concentrer sur l'image de la cage.

— Comme ça? Au téléphone?

— Hé oui! Concentrez-vous et ne parlez plus!

Je me concentre au maximum en essayant de voir la cage dans ma tête. Elle devient tellement présente que je finis par en avoir peur. La voyante me susurre:

— Je vois une petite cage sans serin dedans. L'image est un peu floue. Pour vous en dire plus… il faudrait que je fasse votre carte du ciel et votre horoscope, que je fouille dans votre passé, dans votre présent et…

— Et dans mon portefeuille?

— Heu… oui…

— Impossible! Je vous l'ai dit: je n'ai pas un sou!

— Alors, au revoir et bonne chance, car vous en aurez besoin!

La voyante raccroche. Je reste toute seule dans le salon et je réfléchis. Plus je réfléchis, plus je deviens confuse. Soudain, il me vient une idée. Pourquoi, mais pourquoi n'y ai-je pas pensé plus tôt?

-9-

À l'animalerie

C'est une simple question de logique. Quelqu'un qui a déjà un oiseau possède déjà une cage pour son oiseau. Donc, le voleur ne possède pas d'oiseau puisqu'il n'avait pas de cage pour mettre son oiseau dedans. Donc, le voleur, qui a maintenant une cage, voudra se procurer un oiseau. Et le meilleur endroit pour se procurer un oiseau, c'est l'animalerie. Je suis une véritable petite génie.

Je crie à mes parents :

— Je vais jouer dehors !

Je me précipite sur le trottoir. En courant à toute vitesse, je me rends jusqu'à l'animalerie, j'ouvre la porte et je m'élance vers le vendeur en lui disant :

— Vendeur ! Vendeur ! Est-ce que quelqu'un vient d'acheter un oiseau ?

Un peu surpris par ma question, le vendeur répond :

— Heu... oui, je viens d'en vendre deux !

— Quelles sortes d'oiseaux ?

— Des oiseaux avec des ailes, répond le vendeur en éclatant de rire. Ils avaient aussi des plumes et un bec... Ha ! ha ! ha !

— Ce n'est pas le temps de faire des blagues ! Ma vie en dépend ! Vite ! Quelles sortes d'oiseaux avez-vous vendus ?

— Un perroquet et une tourterelle...

— FIOU!

— Pourquoi FIOU? demande le vendeur.

— Parce que ce sont des oiseaux qui vivent dans de très grosses cages. Puis-je vous demander un service qui pourrait me sauver la vie?

— Ça dépend, répond le vendeur en nourrissant les canaris.

— Voilà, quelqu'un a volé la vieille cage de ma grand-mère, et…

— Ce n'est pas très gentil de garder sa grand-mère dans une cage, répond le vendeur en se tordant de rire. Ha! ha! ha!

— AAARRRGGGNNN!!! Ce n'était pas la cage de ma grand-mère, mais la cage du serin de ma grand-mère! Arrêtez de faire des blagues qui ne sont même pas drôles! Donc, quelqu'un va venir à l'animalerie pour acheter un petit oiseau afin de le mettre dans la cage qu'il a volée.

— Ouais… et puis…

— Et puis j'aimerais que vous m'informiez chaque fois que quelqu'un qui ressemble à un voleur de cage vient acheter un petit oiseau.

— Un chausson avec ça ? demande le vendeur.

— Écoutez, ma grand-mère et moi sommes de très bonnes clientes, ici. Grand-maman a acheté son chat et son ancien serin ici. Elle en achètera un autre très bientôt. En plus, moi, j'ai acheté un poisson rouge. Mes amies ont acheté des chiens, des chats, des souris blanches, des hamsters, des tortues, des lézards, des…

— Bon! Bon! dit le vendeur, exaspéré. Je te téléphonerai

aussitôt que quelqu'un se pré-
sentera pour acheter un petit
oiseau… Ça te va?

Je suis tellement heureuse
que je saute au cou du vendeur et lui donne deux bisous
sur les joues. Le vendeur devient tout rouge. Il se redresse,
regarde à gauche et à droite,
puis fait semblant de toussoter.
Ensemble, nous nous dirigeons
vers le comptoir. Je laisse mon
numéro de téléphone sur un
bout de papier, et je me sauve
en courant.

-10-

Dans le sous-sol

Arrivée à la maison, je m'installe dans le salon, tout près du téléphone, et j'attends... j'attends... j'attends en faisant semblant de dessiner, de lire, de regarder le journal. Soudain, DRING... DRING... Je sursaute, puis je m'empare du récepteur et je demande :

— Alors ? Qui est-ce ? A-t-il l'air d'un voleur ? Avez-vous son adresse, son numéro de téléphone, son code postal, son... ?

La voix de grand-maman me répond :

— Noémie! Qu'est-ce qui se passe? Tu es donc bien énervée.

— Tout va bien, grand-maman. Je... je suis en train de lire un livre avec beaucoup de voleurs dedans.

— Ah bon, répond grand-maman. Au fait, en y repensant bien, je préférerais que la cage reste chez moi. Peux-tu me la rapporter?

— La cage du petit serin? Je... heu... ouais... ouais... je vous la rapporte... à un moment donné, lorsque j'aurai terminé de lire mon livre...

— Merci, tu es gentille!

Je raccroche. Je suis en sueur de la tête aux pieds. Je dégouline de partout. Je ne me suis jamais sentie aussi mal de toute ma vie. Pourtant, j'en ai vécu, des aventures...

Je regarde les murs du salon. J'ai l'impression qu'ils rapetissent. Le plancher monte et le plafond descend. Mon corps s'allonge puis rétrécit. J'ai peur. J'ai peur... Qu'est-ce que je vais dire à grand-maman? Qu'est-ce que je vais bien pouvoir inventer?

Je m'étends sur mon lit pour réfléchir, mais il ne me vient aucune bonne idée. Je crois que je vais tout simplement dire la vérité, la triste vérité. Je vais dire: «Grand-maman, je ne suis pas fiable. À cause de moi, votre cage a disparu... Je m'excuse, je m'excuse et je m'excuse encore.»

Le cœur brisé, je quitte ma chambre avec l'intention de dire la vérité, rien que la vérité, toute la vérité. J'ouvre la porte d'entrée, puis je me dirige vers l'escalier, mais mon corps refuse de monter les marches. Mes deux pieds restent collés sur le trottoir. Je suis incapable d'affronter la peine que je vais faire à ma grand-mère. Je regarde les goélands dans le ciel et les pinsons sur les branches... Je regarde les maisons et, soudain, il me vient une idée, un dernier espoir, comme on dit dans les livres. Je me précipite chez madame Cormier et j'appuie mon doigt sur la sonnette de la porte d'entrée. DRING! DRING! DRING! J'attends quelques secondes puis je recommence. DRING! DRING! DRING!

Personne ne vient ouvrir. Je regarde dans la rue et je ne vois pas l'automobile de madame Cormier. Elle est sûrement partie faire d'autres emplettes. J'attends, j'attends. Il me semble que je fais juste ça, attendre, aujourd'hui!

Je marche de long en large comme un lion dans sa… cage. Soudain, mes yeux se posent sur les fondations de la maison. Et, là, il me vient une idée de fou, une idée à laquelle je ne devrais même pas penser.

Je me répète non, non, non.

Je me dis: Noémie, ne fais pas de bêtises que tu pourrais regretter le reste de ta vie. Je me dis: Noémie, je t'interdis de faire une chose pareille. Je me répète: Noémie, veux-tu vraiment te retrouver en prison?

Mais, pendant que mon cerveau essaie de me convaincre, mon corps glisse le long du mur, mes genoux se plient et ma tête se penche. Puis, pendant que je continue de me répéter de ne pas faire ce que je fais, mes mains ouvrent un tout petit soupirail, puis tout mon corps se glisse dans le sous-sol de madame Cormier, en commençant par les pieds. Le soupirail est tellement étroit que je m'écorche les genoux et les coudes. Finalement, le cœur battant, je me retrouve debout dans le sous-sol. J'essaie de faire un pas en avant, mais je ne vois rien. L'obscurité cache tout.

Je reste immobile, plantée comme un piquet, en attendant que me yeux s'habituent à l'obscurité. Après quelques minutes plus longues que des heures, mes pupilles se dila-tent. Des dizaines et des dizaines de cages d'oiseaux se dessinent dans l'obscurité.

Elles apparaissent comme de vieilles carcasses.

Bon, je n'ai pas une seconde à perdre! Je décide de procéder d'une façon logique et rationnelle. En vitesse, je me dirige vers les cages et j'en cherche une qui ressemble le plus possible à celle du petit serin. Il y a des cages rondes, d'autres sont carrées, rectangulaires...

Soudain, derrière un amoncellement, j'en aperçois une qui pourrait convenir. J'essaie de marcher à quatre pattes sur le tas de cages, mais c'est impossible, elles plient sous mon poids, mes genoux s'enfoncent entre les barreaux, mes pieds se coincent entre les broches, mes mains ne savent plus où donner de la tête. OUTCH! OUTCH! OUTCH! J'ai toute la misère du monde à me dépêtrer et à revenir sur mes pas. J'essaie de me souvenir d'un film dans lequel le héros aurait pu vivre une situation pareille, mais je ne trouve rien.

Par contre, je trouve une grande planche, que je couche par-dessus l'amoncellement de cages. Je m'en fais un petit pont sur lequel j'avance en rampant. Je finis par me rendre jusqu'à la foutue cage. D'un coup d'œil rapide, je trouve qu'elle ressemble à celle du petit serin. Mais il y a un problème, un gros problème. Elle est coincée de partout. Je me dis : Courage, Noémie, tu n'es pas en train de t'enliser dans des sables mouvants, tu n'es pas prisonnière d'une tribu de cannibales, tu n'es pas perdue toute seule sur une autre planète, tu es dans le sous-sol de ta voisine. Tu es tout près du but.

En tirant avec les mains, en poussant avec les pieds, en faisant le grand écart, en serrant les dents, en écarquillant les yeux, en écoutant les bruits métalliques des barreaux qui s'entrechoquent, je finis par dégager la cage. Épuisée, en sueur, je m'assois sur la grosse planche et je regarde la cage dans tous les sens. Elle ressemble comme deux gouttes d'eau à celle du petit serin. FIOU! Je suis sauvée du malheur, et grand-maman aussi.

Avec la cage, je reviens sur mes pas en marchant à genoux, je replace la grosse planche à l'endroit où je l'ai trouvée et je me dirige en souriant vers le soupirail. Je suis vraiment fière de moi.

Mais, dès que j'arrive près du soupirail, mon cœur bondit dans ma poitrine. Je me répète non, non, non, ce n'est pas vrai! Ce n'est pas vrai! Ce n'est pas vrai!

-11-

Panique !

Je ne me suis jamais sentie aussi ridicule. La cage est trop large et trop haute. Impossible de la sortir par le soupirail. J'essaie de tous les côtés, mais je dois me rendre à l'évidence : le soupirail est trop petit... ou la cage est trop grosse... ce qui revient au même.

Pendant que je réfléchis à mon problème, j'entends, tout à coup, une porte claquer au-dessus de moi. Puis, j'entends des pas qui vont et qui viennent. Gloup! Madame Cormier est de retour!

Je ne sais plus quoi faire. Mon sang virevolte dans mes veines. Je voudrais disparaître dans le ciment du sous-sol. J'entends les pas qui reviennent au-dessus de moi. La porte claque de nouveau. Je jette un coup d'œil par le soupirail. Madame Cormier se rend jusqu'à son automobile puis elle revient, chargée de gros sacs. La porte d'entrée claque une fois de plus. Pendant que les pas se dirigent vers l'arrière de la maison, j'en profite pour me faufiler par le soupirail et quitter le sous-sol.

J'époussette mes genoux et mes bras, puis je me redresse et je me rends jusqu'à la porte d'entrée de ma voisine. Mais je n'ai pas le temps d'appuyer sur la sonnette. Madame Cormier ouvre la porte et dit en m'apercevant :

— Ah! te revoilà, Noémie!

— Oui... heu... bonjour! Puis-je vous aider à rentrer vos sacs?

— Non, ça va, j'ai presque terminé!

— Ça ne fait rien, je vais vous aider quand même!

Je me précipite jusqu'à son automobile et je regarde dans le coffre. Il ne reste qu'un tout petit sac, un petit sac complètement ridicule. Je le saisis et demande subtilement :

— Voulez-vous que je l'apporte dans le sous-sol?

— Non, seulement dans la cuisine.

— Vous êtes certaine?

— Oui... oui... tu peux déposer le sac sur le comptoir près de l'évier.

Je dépose le petit sac sur le comptoir et, subtilement, je pose mille questions sur les cages au sous-sol. Madame Cormier répond patiemment à toutes mes questions, puis, soudainement, elle me dit:

— Si les cages t'intéressent tant que ça, tu peux en prendre autant que tu le désires. De toute façon, je voulais m'en débarrasser.

J'essaie de faire semblant de rien, mais c'est impossible. Je bondis vers la porte du sous-sol, me précipite dans l'escalier et survole les marches. Madame Cormier descend derrière moi. Elle appuie sur un interrupteur. Une ampoule fixée au plafond illumine faiblement le fond du sous-sol. Le cœur battant, je fais semblant de regarder les cages en disant tout haut:

— Humm, peut-être celle-ci... Humm, peut-être celle-là...

Subtilement, je me dirige vers celle que j'ai laissée sous le soupirail. En la regardant, je m'exclame :

— OH ! WOW ! La belle cage ! Je crois que je vais prendre celle-ci !

— Tu peux en prendre plusieurs, suggère ma gentille voisine.

— Je vous remercie, mais celle-ci fera parfaitement l'affaire !

Tout heureuse, je prends la cage, et l'emporte vers l'escalier. Mais soudain, en montant les marches, mon cœur fait plusieurs tours dans ma poitrine, et je manque de perdre connaissance : la cage, la cage que je transporte n'est pas de la même couleur que celle du petit serin! Je me le répète dans ma tête: la cage que je veux donner à grand-maman n'est pas de la même couleur que celle de grand-maman. Je... je... je ne sais plus quoi dire, quoi faire. Je termine de grimper l'escalier, suivie par madame Cormier. Puis, je me dirige vers la sortie en murmurant comme une somnambule:

— Au revoir... Je vous remercie, madame... Je vous remercie... beaucoup...

Une fois dehors, je regarde attentivement la cage. Elle ressemble beaucoup à celle du petit serin, mais elle est plus pâle. Ma grand-mère est peut-être un peu naïve, mais elle n'est pas aveugle. Elle verra tout de suite la différence. Et moi, j'aurai l'air de quoi?

Complètement découragée, je lance la cage sous l'escalier et je m'assois sur la première marche. Là, je n'ai plus le choix, je dois dire la vérité à ma grand-maman d'amour…

Je m'assois sur la deuxième marche en me demandant comment je vais lui annoncer la mauvaise nouvelle : « Chère grand-maman, ne paniquez pas, un malheur épouvantable vient de s'abattre sur nous. »

Je m'assois sur la troisième marche : « Grand-maman d'amour, notre vie ne sera plus jamais la même. Je dois vous avouer quelque chose… »

Je m'assois sur la quatrième marche : « Ma chère grand-maman d'amour, j'espère que vous allez encore m'aimer après le grand malheur que je vais vous annoncer… »

Je m'assois sur la cinquième marche, la sixième, la septième et ainsi de suite. Rendue sur le balcon, je n'ai pas encore trouvé de quelle façon je vais lui annoncer la mauvaise nouvelle. Je regarde le ciel. Il me semble que le soleil ne brille plus, que les oiseaux ne chantent plus, que le monde ne tourne plus. Finalement, je lui dirai : « Grand-maman, quelqu'un a volé la cage du petit serin… »

Prenant mon courage à deux mains, je quitte le balcon et j'entre chez grand-maman. Elle n'est pas dans le salon, elle n'est pas dans sa chambre, elle n'est pas dans la salle de bain, elle n'est pas dans la cuisine. Je crie :

— Grand-maman ? Grand-maman ?

Elle me répond:

— Noémie, je suis sur le balcon arrière!

— Que faites-vous là?

— Je fais du ménage dans la remise.

Puis elle me pose la question, la question que je ne veux surtout pas entendre:

— Noémie... as-tu rapporté la cage?

Je dois m'appuyer contre la rampe du balcon pour ne pas tomber sans connaissance. Je balbutie:

— Je... heu... je l'ai oubliée dans ma chambre...

Puis ma gorge se noue. Je cesse de parler. Je voudrais changer de corps, disparaître sur une autre planète, me métamorphoser en n'importe quoi.

Au bord des larmes, je regarde la grosse boîte dans

laquelle grand-maman a jeté toutes sortes de vieilles choses. Il y a de vieux clous rouillés, de vieux souliers troués, des guenilles... Soudain, en regardant au fond de la boîte, il me semble que le ciel se dégage, que le soleil brille de nouveau, que les oiseaux recommencent à chanter. Une idée de génie me traverse l'esprit.

Je demande à grand-maman :

— Puis-je prendre des trucs dans la boîte?

— Oui, mais à la condition de ne pas les laisser traîner... ailleurs!

— Je ne laisserai rien traîner, je vous le jure!

-12-

POUSCH...
POUSCH...

En vitesse, je ramasse plusieurs cannettes de peinture en aérosol, je les cache dans un vieux sac et je dis:

— Bon, à tout à l'heure, grand-maman! Je vais faire un petit tour chez moi!

Elle est tellement absorbée par son ménage qu'elle ne me répond même pas. Excellent! Elle ne se doute de rien. Je quitte son logement par la porte avant, descends les marches et ramasse la cage sous l'escalier. Fiou! personne ne l'a volée, celle-là. En vitesse, je cours jusqu'au terrain vague situé entre deux pâtés de maisons, je me cache derrière un buisson et je m'empare des cannettes de peinture en aérosol. Il y en a une verte, une rouge, une jaune et une noire.

J'appuie sur le bouton de la cannette jaune. PFOUIT... rien n'en sort. Elle est complètement vide.

J'appuie sur le bouton de la cannette rouge. POUSCH! WOW! un nuage de couleur rouge en sort. POUSCH... POUSCH... POUSCH...

Je lance des jets de couleur sur les barreaux. Ensuite, POUSCH...   POUSCH... POUSCH... je vide les cannettes de noir et de vert. Lorsque j'ai terminé, la cage ressemble à une neuve, mais avec d'étranges reflets noirs, verts et rouges. Elle est tellement belle

que je n'en reviens pas. Je suis vraiment un génie! Et même plus, si ça se peut!

Pendant que j'admire les couleurs, une grosse mouche survole la cage et se pose sur un barreau. J'essaie de la chasser, mais elle ne peut plus s'envoler, ses pattes et ses ailes se sont engluées dans la peinture fraîche. Du bout des doigts, j'enlève la mouche puis, en agitant les bras, je tourne autour de la cage pour éloigner les mouches, maringouins, papillons et autres bestioles qui pourraient altérer mon chef-d'œuvre.

Au bout d'une heure, la peinture est presque sèche. Je glisse un doigt dans l'anneau au sommet de la cage, lentement, avec mille précautions, je la transporte chez moi afin de la cacher au fond de ma garde-robe.

Ma mère arrive dans ma chambre et me demande:

— Noémie, veux-tu bien m'expliquer ce qui se passe avec toi?

— Heu... rien... Pourquoi?

— Un vendeur de l'animalerie a téléphoné trois fois pour dire qu'il avait vendu des canaris, puis une dame qui se disait voyante m'a parlé d'une cage perdue. Et en plus, snif... snif... snif... il me semble que ça sent la peinture, ici...

Je prends ma mère par la main et l'entraîne hors de ma chambre en disant:

— Mais non, ne t'occupe pas de ça... Ce sont des gens qui ont composé de mauvais numéros. Cela arrive tous les jours...

Puis, pour lui changer les idées, je dis à ma mère :

— Ce soir, tu peux manger au restaurant et aller au cinéma avec papa. Moi, j'irai souper avec grand-maman.

-13-

L'incroyable
souper

En vitesse, j'enfile la seule robe que je possède, je me brosse les cheveux et je m'asperge d'un parfum qui appartient à ma mère. POUAH! je sens la rose comme ce n'est pas possible. Ensuite, je monte chez grand-maman, qui termine le ménage de sa remise. Je lui dis:

— Grand-maman, aujourd'hui, c'est une journée très spéciale. Alors, comme vous semblez fatiguée, je vous invite à souper dans votre cuisine!

— C'est gentil, répond grand-maman. Mais pourquoi

est-ce une journée spéciale, aujourd'hui?

— Heu… parce qu'aujourd'hui je vais vous donner un cadeau… une surprise qui va changer votre vie, qui va vous redonner le goût de…

— Mon Dieu Seigneur, Noémie! J'ai hâte de recevoir un tel présent!

— Ce soir, grand-maman, je prends le contrôle total de votre vie.

— Bon, bon, bon, répète grand-maman en souriant. Je veux bien… mais…

— Alors, voici l'horaire. Premièrement, vous allez prendre un bain chaud pour relaxer. Pendant que vous allez tremper dans la bonne eau savonneuse, moi, je vais vous préparer un souper de rêve. Ensuite, vous allez vous habiller comme si vous alliez à un bal. Ensuite, nous allons manger. Et après ça, si vous êtes très gentille, je vais vous donner cet incroyable cadeau qui va changer votre vie.

— D'accord, répond grand-maman en me caressant les cheveux. Tu peux prendre le contrôle total de ma vie… pendant quelques heures.

En vitesse, je cours jusqu'à la salle de bain et je fais couler de l'eau chaude dans la baignoire. J'y ajoute du liquide pour faire des bulles, puis je me précipite dans la cuisine. J'ouvre le réfrigérateur, dans lequel je trouve tout ce qu'il faut pour préparer un souper de rêve. Je ferai réchauffer la soupe, réchauffer la lasagne, réchauffer la tarte aux pommes et réchauffer le thé.

▲ ▲ ▲

Au bout d'une demi-heure, grand-maman sort de la salle de bain. Je lui dis :

— Vous n'avez pas le droit de regarder dans la cuisine !

— D'accord ! D'accord !

Elle tourne la tête et se dirige vers sa chambre. Elle en sort toute coiffée, toute pomponnée, habillée d'une longue robe comme celles que l'on voit dans les films.

— WOW ! Grand-maman, comme vous êtes belle !

— WOW ! Noémie ! Quelle belle table !

J'allume les chandelles, puis, en souriant, nous mangeons la soupe, la lasagne et la tarte aux pommes... Miam, miam, que c'est bon ! De temps à autre, grand-maman jette un coup d'œil à l'endroit où se trouvait la cage du petit serin. Chaque fois, j'essaie de lui changer les idées en parlant de toutes sortes de choses.

Vers la fin du repas, grand-maman demande :

— Et la cage, Noémie ? Tu n'as pas rapporté la cage ?

En panique, je réponds :

— Justement, buvez votre thé. Ensuite, vous aurez la surprise de votre vie !

-14-

La surprise

À la fin du repas, je ramasse les assiettes et les ustensiles, puis je vais chercher un foulard. J'en fais un bandeau, que je place sur les yeux de grand-maman.

— Vous me jurez que vous ne voyez rien?

— Je te le jure. Je ne vois absolument rien.

— Bon, attendez quelques instants, je vais chercher votre cadeau.

En vitesse, je descends chez moi et je remonte avec la belle cage toute colorée. Je suis complètement paniquée et en même temps très heureuse de ma trouvaille.

Le cœur battant, je dépose la cage sur la table de la cuisine. Puis, en essayant de ne pas trembler et de ne pas montrer mon inquiétude, je murmure :

— Grand-maman, voici le cadeau qui va changer votre vie. Je vous le donne parce que je vous aime...

Grand-maman soulève le bandeau, ouvre les yeux, aperçoit la cage multicolore et sursaute en disant :

— Mon Dieu Seigneur !

On dirait que sa figure s'allonge, que ses joues deviennent blanches, que ses pupilles se dilatent. Sans dire un mot, elle me regarde, regarde la cage et me regarde encore. Moi, je tremble. J'ai hâte qu'elle

dise quelque chose, qu'elle exprime quelque chose. Mais elle ne bouge pas. Elle ressemble à une statue.

Après deux minutes de silence total, je m'approche de grand-maman et lui demande :

— Grand-maman, êtes-vous fâchée? Moi, je voulais vous faire plaisir! Je…

Je m'assois sur ses genoux, me blottis contre son cou. Elle avale un peu de salive et murmure :

— Noémie, je ne sais pas quoi te dire… je viens de recevoir un choc.

— Un bon choc ou un mauvais choc?

— Je ne sais pas. En l'espace de quelques secondes, j'ai pensé à mon petit serin, à la vieille cage et, en même temps, je me suis dit que tout cela fait partie du passé et que…

— Et que votre deuil est terminé?

Grand-maman regarde l'horloge et me déclare d'un ton solennel:

— Noémie, je t'annonce officiellement que mon deuil vient de se terminer aujourd'hui, à dix-huit heures, une minute et quarante-trois secondes.

— Vite, grand-maman, nous n'avons pas une seconde à perdre.

Avant qu'elle réagisse, je me lève d'un bond, verrouille la porte arrière et entraîne ma grand-mère vers la sortie. Elle ne pose même pas de questions. Nous descendons l'escalier à toute vitesse et, toutes les deux habillées comme si nous allions au bal, nous nous

retrouvons sur le trottoir devant OUPS... devant madame
Cormier...

-15-

À l'animalerie

De peur que la voisine fasse des commentaires sur nos robes ou qu'elle parle de la cage, je m'empresse de dire:

— Bonjour, madame Cormier, la meilleure voisine du monde... Excusez-nous... mais nous devons faire un achat urgent... Au revoir... À la prochaine...

Elle répond:

— Un achat urgent en robe du soir?

Je marche le plus rapidement possible afin que grand-maman ne réponde pas à la voisine, et surtout pour qu'elle ne change pas d'idée. Nous traversons une première inter-section, puis une deuxième. Soudain, mon cœur fait trois tours dans ma poitrine et devient froid comme une banquise. J'aperçois la vieille cage du serin sur la rampe d'un balcon. Je n'en reviens pas. À l'intérieur de la cage, on a placé une grande plante verte dont les tiges sortent entre les barreaux. La vieille cage est devenu une jardinière!

Nous tournons dans la rue principale et nous nous rendons jusqu'à l'animalerie. Et là, en ouvrant la porte, je suis prise de panique. Je rebrousse chemin et dis à grand-maman:

— Attendez-moi sur le trot-toir pendant quelques secondes!

— Mais, Noémie, je…

— Grand-maman, je vous en supplie, attendez juste quelques instants. C'est une question de vie ou de mort!

Je me précipite dans l'animalerie en cherchant le vendeur. Je ne le vois nulle part. Soudain, j'entends sa voix derrière moi:

— Bonjour, la petite! J'allais justement t'appeler. Je viens de vendre un autre canari.

Fiou! Heureusement que grand-maman n'a rien entendu. Je chuchote au vendeur:

— Je viens acheter un serin avec ma grand-mère. Elle n'est au courant de rien. J'aimerais que toute cette histoire reste un secret entre nous!

Le vendeur me fait un clin d'œil complice. Je retourne voir grand-maman et lui dis:

— Excusez-moi pour ce contretemps, j'avais un petit quelque chose à régler avec... un poisson rouge!

Grand-maman me regarde du coin de l'œil en ayant l'air de se demander si je ne suis pas devenue folle. Puis elle se dirige vers les cages et regarde les serins. Subtilement, le vendeur s'approche et lui demande:

— Puis-je vous donner des renseignements, chère madame?

Ma tactique a fonctionné à deux cents pour cent. Je m'éloigne en regardant ma belle grand-maman qui discute de serins, de couleur, de chant, de plumes, d'ailes, de cage et blablabla...

En souriant, je vais m'asseoir sur un banc placé devant

l'animalerie. Pendant que grand-maman choisit son oiseau, je regarde les piétons, les cyclistes, les automobiles, les autobus. La vie est belle, très belle...

Après dix minutes de bonheur, je sens quelqu'un me toucher l'épaule. C'est grand-maman, toute souriante, une petite boîte de carton dans la main. Je ne peux m'empêcher de lui demander :

— Et puis, quel serin avez-vous choisi?

En regardant au loin, elle me répond :

— Finalement, j'ai trouvé qu'un nouveau serin me rappellerait trop de souvenirs. En discutant avec le vendeur, j'ai finalement décidé d'acheter une...

— Une quoi?

— Une…

— Mais, voyons, grand-maman, qu'est-ce que vous avez acheté? Une perruche? Une colombe?

— Non, non, non! Je me suis acheté une tortue!

— Quoi? Vous avez acheté une tortue? Mais, voyons donc, grand-maman, il n'y a rien de plus ennuyant qu'une tortue! Ça ne vole pas, ça ne chante pas, ça ne gazouille pas! Vous êtes tombée sur la tête, ou quoi? Pourquoi une tortue?

— Parce qu'une tortue, ça vit très, très longtemps, répond grand-maman en tournant les talons et en prenant la direction de la maison.

Je n'en reviens pas! Une tortue! Finis les chants et les gazouillis en écoutant la télévision, finis les bains d'eau, finies les graines lancées aux quatre coins de la cuisine. Là, je l'avoue, je suis complètement dépassée. Je cours rejoindre grand-maman et je lui demande:

— Et la cage que j'ai peinte, qu'allons-nous en faire?

— Je ne sais pas, moi... Nous la donnerons, ou bien tu placeras ton aquarium dedans, ou tu la présenteras à ton concours de la plus belle cage, ou bien...

Je suis tellement découragée que je n'écoute plus la voix de ma grand-mère. Moi qui rêvais d'avoir des animaux en peluche, moi qui rêvais d'un serin maître chanteur, je me retrouve avec une tortue. Les larmes aux yeux, j'essaie d'imaginer l'avenir. Je me vois en train d'étudier devant une grosse tortue. Je me vois en train de regarder la télévision en caressant la carapace toute froide et sèche de la tortue. Je suis tellement déprimée que je vais sûrement faire une dépression nerveuse... Pendant que je pense à tout ça, j'entends la voix de grand-maman ajouter:

— Et en plus, une tortue, ça te calmera. Ça t'obligera à prendre ton temps et, surtout, ça t'apprendra la patience...

Je ne réponds même pas. Je marche comme une somnambule à côté de ma grand-mère.

Soudain, j'entends des petits bruits qui sortent de la boîte de carton. Grand-maman dit:

— Les tortues détestent qu'on les enferme dans le noir.

J'entends la tortue gratter l'intérieur de la boîte. Et puis, tout à coup, j'entends un léger

froissement de plumes, suivi
d'un incroyable roucoulement,
suivi d'un fantastique gazouillis, suivi d'un long sifflement
qui se termine par une turlute.
Je reste figée sur le trottoir.
Grand-maman éclate de rire :

— HA! HA! HA! Là, je t'ai
bien eue, Noémie! Là, je t'ai
bien eue! HA! HA! HA!

Je n'en crois pas mes
oreilles. Je suis tellement surprise et tellement heureuse
que je saute au cou de ma
grand-mère et que je l'embrasse, comme ça, en plein
milieu du trottoir, à la vue de
tous. J'entends une belle
musique dans ma tête. C'est le
plus beau moment de ma vie!

Grand-maman et moi, nous
nous répétons que nous nous
aimons comme ce n'est pas
possible, puis nous accélérons

le pas, grimpons l'escalier en vitesse et installons le nouveau serin dans la belle cage repeinte à neuf.

Puis, en écoutant des gazouillis, des roucoulements et des trémolos sans fin, nous nous dirigeons vers le salon, nous nous blottissons sous la douillette et nous regardons une émission de télévision en baissant le son au minimum. Collées l'une contre l'autre, grand-maman et moi regardons défiler les images en écoutant le serin qui chante à tue-tête.

C'est le bonheur total. Il n'y a rien à ajouter!